MORS CERTA
HORA INCERTA

Francisco Emmanuel Diaz Cabrera

Mors Certa Hora Incerta

Fucking war.

I hated war.

I hated when they describe war as glorious, with a meaning...

You killed humans just because those humans were going to kill you.

No glory.

No diploma.

There were no ideals

It was the instinct of 100 billion humans trying to get as many kills as they could.

An ocean of sin and luxury.

Donde los inocentes vivían en las grietas del sistema temerosos.

Esa gente también me cagaba.

Religiosos viviendo con miedo, pero sin los webos como para hacer algo y solo esperando a que los salven.

En 20 años de guerra yo nunca sentí que el objetivo fuera salvar a alguien más que a uno mismo y los personajes que existen en tu vida.

<God mode>

<Back door>

< Ejecutar Universo >: Big bang

<Fusión de Elementos ∞>

Espacio "x"," y" Tiempo:" z"

F(x): explosión atómica

<Iniciar grabación proceso evolutivo: "Ojo que todo lo ve">

<Iniciar grabación inicio y desarrollo de vida: "Ángel guardián">

<<No te van a revivir carnal>>

Tristemente no peleamos por el paraíso de Dios sino porque nuestra economía siga siendo suficiente para comprarlo y acondicionarlo a nuestro gusto.

Personajes:

General :47 años

Soldado:17 años

Estudiante:18 años

Ingeniero:31 años

God mode: ∞

-Sus últimas palabras del general fueron

"Más allá del dolor ve la meta

Resiste hijo de perra"

I still remember when I realized how important the war was

It was a Wednesday morning and we were having a smoke

They were interviewing some basic bitch singer on the news.

I just remember the question and the answer

- "What is the most important thing in life?" -They asked her.

"To live life to the fullest and be the best you can until the end."- she answered.

Whoop yeah Bitch! -I said

That was the same answer my dealer gave me

For 3 grams off x-nass3000

<<Se gentil todos estamos en una guerra diferente.>>

Me encantaría que fuera una guerra como en las simulaciones de video

Donde el objetivo es claro tienes estadísticas y sabes qué hay de malo contigo

Tienes enemigos que eliminar y puedes darte el lujo de planear tus ataques y racionar los materiales.

Esta no era una guerra lógica o con un fin de obtener algo

Esta es la guerra en la que todo ser vivo es parte de.

La guerra de existir, persistir, resistir y sobrevivir.

Y poder ver a los tuyos vivir

(Soldier)

Drafted to another battalion with some odder morons

Is not that I don't care about others even thought my life could depend on others

Is just that

I'm a natural born asshole

Hope they survive.

But really hoping no one is better than me

My ego could not handle it.

(Estudiante)

Que haces aquí

Porque mierda estas peleando una guerra que no es tuya

Pará personas que te mataran con tal de lograr sus fines

Tu querías llegar al cielo

Eras un gran cordero de Dios

Que mierda estás haciendo como un vil mercenario

aldita sea

¿Quién putas eres?

Consigues el dinero y te vas.

¡Eh dicho!

(Ingeniero)

¡¡¡¡¡Maldita sea estoy hasta el webo!!!!!

(General)

Mujeres

Nunca pude

Nunca lo entendí.

Día 0 año 3000

<God mode>

<Fx (Iniciar Guerra)>

Esperanza de Dios: -33%

Tasa de mortalidad: -.25% anual y en aumento.

Potencias: listas para la masacre

Países en desarrollo: En espera de ser masacrados

(Estudiante)

Yo: Aún no puedo acabar la carrera

Soy un imbécil

Mi falta de interés y adicciones me han hecho

Perfecto para la guerra

Pero no apto para la vida

Espero y se acabe pronto

Fuck.

Batalla en La ciudad del Sol ejércitos de diferentes naciones pelean en territorio de una tercera nación la cual solo es un escenario para promocionar nuevo equipo de guerra.

Regresa por ellos, murmuro.

Si puedes salvar, aunque sea a uno de tus soldados podrás dormir el día de hoy

Solo la basura abandona a los suyos

También el maldito imbécil

Decidió quedarse con su riqueza

Y sus pendejadas en vez de salvar su vida

Así yo no puedo

Bola de pendejos

Cuando peleas por algo la mente se excusa diciendo que están peleando del lado de los buenos, Este no era el caso.

(Escena en Gym reviviendo los traumas de la guerra con una especificación en que solo era gente viviendo Zyber osea no lo hagas muy triste, si moría gente, pero solo los que siempre mueren, pon otra canción si no te parece, pero no los hagas bailar no soporto los musicales)

El sistema era que podías resolver un escenario de vida según el personaje que elijas

De la edad de 0 a 21 años están en modo crecimiento y desarrollo natural, no estas tan dentro del sistema porque solo estas aprendiendo y las variables de ayuda a tu favor son valores morales.

No viví mucho dentro del sistema como jugador

Ya saben, como ingeniero nos tocó escribir el sistema.

Yo diseñaba back doors para que el sistema se retroalimentara con las experiencias de los usuarios y creara nuevos retos a generaciones más jóvenes para así desarrollar más el sistema y los usuarios.

Como ejemplo para enfrentar tus problemas solo tienes

Fx(fe): (Animo + Esfuerzo + Dedicación)

Y las misiones solo daban resultados moralistas como: Un mayor entendimiento, Respeto a otros, Empatía.

Al cumplir los 21 años de edad y según toda la estadística ya acumulada de tu persona y quién eras, podías empezar a decidir qué realidades o que historias de vida te interesan. Es aquí donde el sistema se nos salió de control:

No había limites, No había caminos erróneos al principio y no olvidemos que la gente no es lineal,

Esto era porque los sistemas iniciales tenían restricciones a cosas ilegales, pero esto alteraba el libre albedrio y normalmente no dejaba que la persona alcanzara "Su verdadero yo "que era el objetivo de cada sistema para poder pasar al siguiente escenario o historia. Las temporadas de sistema eran 3 al año se ajustaba a las regulaciones previas del sistema anterior y si el usuario había completado el sistema. Si no completabas un sistema solo se regulaba para crear misiones para poder alcanzarlas.

Ustedes creerían que teniendo tantas opciones y ayuda tecnológica: la pobreza, el crimen o hasta la gente sin hogar desaparecerían, pero no: Ahora podrías seleccionar a un vagabundo, conocer su historia, saber la historia de que lo hace vagabundo, empatizar con él para que te des cuenta que él lo eligió como su sistema a seguir y te vas a quedar con toda la impotencia de poder ayudar o cambiar el mundo al saber que el mundo no desea ser cambiado, ni que lo salven. (Sistema: vagabundo, Razón: desconocida, Tiempo; Indefinido).

Para mí el único fantasma del sistema que se creó, fue un fantasma de indiferencia hacia los humanos por la hipocresía y la crueldad de la realidad de sus vidas y como tomaban decisiones positivas con acciones negativas envueltas en adicción. Un ejemplo muy común era ver la lista de creencias religiosas que elegia la gente y la lista de drogas que ponían que querían consumir y le encantaban a la gente.

Nadia quería participar directamente en esta guerra, ya que no era realmente problema de nadie, no era elemental, si no era su misión de vida realmente no era su problema.

Pero aun así todos participaban todo humano con deseo

Todo humano existiendo.

Había propaganda donde solo los más jóvenes estaban dentro de esta guerra ya que eran los que más buscaban un lugar en esta tierra, o a los que el tiempo se les puede robar más fácil…

THE DAY MY QUEEN DEPARTURE!

Fuck you!!!!!!!!

Pero yo lo sentí el día que pasó ese asteroide

Ese día la vi a ella casualmente mi mente estaba llena de ideas que no sabía y no comprendía que hacer con ellas.

La comprendí en un segundo, fue impresionante ver tanta historia en una persona, su belleza venia de lo mucho que habia vivido y lo mucho que aun le quedaba por vivir.

Se veía hermosa.

Quería capturarlo para así poder decir, yo capturé a un asteroide y eso hice de mi vida.

Todos los días la humanidad ha vivido

Sola

Creando

Naciendo

Persistiendo

Sintiendo

Intentándolo

Y muriendo

Solos.

Como una ballena en medio del océano ese asteroide nos decía, "hola"

No te rindas sigue creando, persistiendo.

Podría capturarlo soñé, como un pensamiento que es tan simple como posible como arriesgado

Talvez no lo logre porque ese día la vi a ella

Woow

Me preguntaba si mi alma no buscase estar con ella cada segundo.

Hubiera podido logrado capturar ese asteroide

En los días más obscuros de viejo después de su muerte

Me hubiera encantado haberle regalado el asteroide

Extraño a mi asteroide.

Fiber wars

Maybe I'm just an idiot who gives too much of a fuck

General:

No me quejo del sistema, no puedo decir que no me ayudo, como huérfano el sistema te ponía a vivir con las personas de la tercera edad.

That was neat

Cuando fui mayor

Se me olvido ir a la cita para elegir un sistema.

Estaba en casa pensando si realmente me interesaba ser un actor, un licenciado, tener un dragoncito proyectado en la sala a falta de esposa e hijos. Los comerciales dentro de tu mente que se mezclan con sueños y deseos son difíciles de ignorar.

Mi plan era ser soldado y elegir como meta final ser granjero para poder retirarme. (pésimo plan, entrar al sistema para derrotar al sistema sólo te derrotará junto con ellos al ser tú la Granada no habrá salida).

La naturaleza tuvo otros planes, esos días de decisión acerca de mi futuro.

Yo salí a correr

Sentir la juventud por un momento

Pero sabe tan bien que no lo queremos dejar ir

Seguí corriendo

Viviremos para siempre

No importaba mi esfuerzo la respuesta no era clara.

Seguí corriendo

Empezaba a entender

No importaba el camino ni las decisiones ni nada

Seguí corriendo

Viviremos para siempre.

Siempre y cuando lo sigas queriendo una vida es posible.

Estaba en Irán

Mi escuadrón era parte de la misión

"La tierra para los terrícolas"

Esto consistía en que destruirán todo templo o arquitectura de religión, cultural bla bla bla …

Pará crear ciudades hiperconstruidas bla bla bla …

Eso era un tirar edificios con robots gigantes.

Claro tenías que tener habilidad máquina

Pero te libraba de lidiar con la gente

En fin, estaba este hermoso templo de quien sabe quién.

Lo íbamos a volar muy bien

Pero llegaron personas del sistema bla bla bla …

Su misión era preservar las cosas sagradas bla bla bla

Eso no significaba que no lo íbamos a destruir o que no los íbamos a matar

Pienso que la batalla se alargó tanto solo porque no habíamos tenido una batalla contra humanos en meses y el sargento nos había regañado unos días atrás.

Lo que hizo que formáramos escuadrones y entráramos para capturarlos y no matarlos en una serie de 4 equipos ya que eran como 12 personas dentro del templo. Estos hijos de perra solo eran proyecciones y volaron el templo a lo cual en cuestión de 1 minuto hizo que los sargentos encontrarán su ubicación porque son gente del sistema y los exterminaran vía bazuca

Cómo mi plan original coff coff

Yo quedé atrapado

Con una persona del sistema en el subsuelo de la estructura

Atrapado bajo las rocas con un cheta listo para matar con ojos tan nublados por un infrarrojo de ejecución que no se veía que cupiera el más mínimo interés de ceder.

Listo para matar, por el hecho que esa era su misión y detrás de ello un ego alimentado psicológica mente de religión extremista.

A true Republican

It was a shame to kill him

The intensity of a man and how they played live was the only thing left

F = Respect

I can't remember how many times I have shouted at a TV screen just because the motion of life is requiring me too.

I'm sorry for my tone but I have been stoned for some years now.

Si ya has leído hasta aquí

Entenderás que no es una guerra real

Es más, entendí como la guerra

No es una guerra real para todos

Solo para los que quieren que algo cambie.

I lost my best general!

NOOOOOO!

I lost my best general

Why?

She got stocked on level 90

Next day she was drafted to a desert in the north

She and her little demon.

I'm scared of how powerful She could turn

I'm scared of the atrocities I will have to perform in order to stop her

I'm scared for her safety

I'm scared of her living

I'm scared that She was my only family and I lost her

I'm scared I will not see the end of the war and her

I'm scared without her

I love you.

BACK AT THE OFFICE

A punto de morir

Un callejón sin salida

¡Moriré!

En todo momento matemático la vida te lleva a esto y es mi turno

¡Moriré!

No alcanzo a ver más allá

Aunque muera hoy

Seguirá el mundo

¿¡Muere por algún propósito!?

No sólo morir en una guerra

Fuck them

Mata y vive

Dios no te lo perdonará

Pero te dará vida para buscar su perdón o arrepentimiento

(Gun shot at the distance)

Estudiante

Humans

No different from Other animals.

All looking up at the voids.

Hope is like a diamond these days

You´ve got something that makes you keep living

Woow That's amazing

Hang on to that

Not all mortals walk attached to this earth

Not all humans get to live.

What is the main activity of the human race?

To live?

To die?

Generations burning in the cracks of the system.

Fucking up everything they could

Loving with no direction

Studying without a cause

Watching up to the asteroids like whales that dance in their own universe, in their own logic.

It wasn't an obsession to capture for my mercenary purposes.

My mind was sure that If I captured that asteroide And I give It to her.

She would think I was something more than a loser.

When I saw her, I could understand all her exitance.

The problems and the glory of her being

It was art

Not all of them were art

But she was pure art.

I fucking take a Rocketship harpoon and built a mechanic belt to It in order to control It,

with micro engines to deaccelerate and control It.

Of course, I was going to profit with It

Who wouldn´t? want a piece of land in an exotic paradisiac asteroide cruise around the globe.

Off system

Off rules.

Like slapping god in the face telling him

I'm coming for you

Student-

Did we get there?

Dad-Where? you are already at home

Student-No, not home

Closer to god

Closer to a truth or a better kind of life?

This matter!!!

Tell me that this matter!!!

But explain me why

If you don't convince me I'll shoot you!!

Shoot yourself!!!

Fuck you

Is a water balloon

Little bitch

I wish I had the original

Code

Not the scraps that are left in my brain

I wish for so many things

I wish there were not a war

I wish that I didn't had to make you guys

Just to save life

I wish for so many things

I wish god existed

I wish he could take care of you

Don't kill each other

I wish I wasn't about to die

GOD MODE

F(x)Big bang

 Continuar expansión de π

Asignar Galaxia de cultivo

Calcular Distancia a años Luz para no contacto

Autosave

Garden of the "HUMANS"

Boom ∞

F(x) Big Bang

Plano de universo (x, y, z) = continuó expansión y recorte de Pi clasificador de universos de PI

(En cuanto un universo acaba está diseñado para que empieza en la nueva continuación de, como las reglas del tiempo lineal)

Tarde 20 años en ese cuarto (Back room)

Habia una computadora de 2 pantallas y un colchón en un espacio infinito.

Viendo universos y ver si podía entenderlo

Solo me rompía el corazón al ver al mundo y su historia, como una caricatura que te enamora con sus personajes y por más que quieres estar ahí para ser parte de su mundo la realidad nunca te deja.

Si tuviera que elegir un nombre para la serie que transmite el planeta Tierra seria

Garden of the Humans.

Los ves nacer crecer y desarrollarse

Hasta después morir.

Cómo flores en un campo.

01000110 00101000 01111000 00101001 01000010 01101001 01100111
00100000 01100010 01100001 01101110 01100111 00001101 00001010
00100000 00100000 00100000 01000011 01101111 01101110 01110100
01101001 01101110 01110101 01100001 01110010 00100000 01100101
01111000 01110000 01100001 01101110 01110011 01101001 01101111
01101110 00100000 01100100 01100101 00100000 00100110 00100011
00111001 00110110 00110000 00111011 00001101 00001010 01000001
01110011 01101001 01100111 01101110 01100001 01110010 00100000
01000111 01100001 01101100 01100001 01111000 01101001 01100001
00100000 01100100 01100101 00100000 01100011 01110101 01101100
01110100 01101001 01110110 01101111 00100000 00001101 00001010
01000011 01100001 01101100 01100011 01110101 01101100 01100001
01110010 00100000 01000100 01101001 01110011 01110100 01100001
01101110 01100011 01101001 01100001 00100000 01100001 00100000
01100001 11110001 01101111 01110011 00100000 01001100 01110101
01111010 00100000 01110000 01100001 01110010 01100001 00100000
01101110 01101111 00100000 01100011 01101111 01101110 01110100
01100001 01100011 01110100 01101111 00001101 00001010 01000001
01110101 01110100 01101111 01110011 01100001 01110110 01100101
00001101 00001010 01000111 01100001 01110010 01100100 01100101
01101110 00100000 01101111 01100110 00100000 01110100 01101000
01100101 00100000 01001000 01010101 01001101 01000001 01001110
01010011 00001101 00001010 00001101 00001010 01000010 01101111
01101111 01101101 00100000 00100110 00100011 00111000 00110111
00110011 00110100 00111011

Iniciar

Soles infinitos

Regeneración de estrella cuánticamente

La guerra empezó en el año 3000

Y como un aficionado a los múltiplos de 3 no podía estar más de acuerdo

Life was over designed we were deep into the modern days

Ya nadie era tercer mundistas

Con trabajos si se llegaba al tercer mundo

Jajajajajajaj

No, no es cierto

Maldita gente blanca

Jajajajajajaj

Ing.

¿Porque se tarda el tren?

Pará qué llegues más tarde a tu casa

Pueblos sumergidos en desgracia, que ya la adorábamos por comedia

No me di cuenta que esos eran los pilares de nuestros usuarios promedios

Aun así, me sorprende que todo acabara en guerra y destrucción.

De hecho, me sorprende mucho que no funcionará.

No me sorprende que me vayan a matar

If you wanna get fast go alone

If you wanna get further go together
African Proverb.

God Mode

Bigbang

(Mandatory erased off elements restart at off point) (Save)

Run new life at continue of journey at (x, y, z)

Random settings for every aspect

Task: achieve live organically

Goal: humans

Extra points: semi gods

Save Big bang If: Gods

Save if other race overpowers humans

Save if life was at absolute peace if humans were tender and kind to each other save and send if achieve Paradise

Save if there was war and that was not how things were supposed to be

Save them all perfect imperfect extraordinary or regular, war or at peace

I love you my children I wish I could be there with you

But its Da rules.

NO ERA UNA GUERRA REAL

Era un sentimiento

Un impulso

No sólo el impulso que te hace trabajar todos los días.

Es la electricidad detrás de tu cabeza

Que habla y dependiendo del contexto te define como alguien bueno, exitoso, agradable

Todas esas vidas derrochadas en carreras de arte buscando autenticidad o un por qué.

Esa era la guerra de ser, eran guerras de almas buscando la perfección en un horario de 8 a 6.

They were not killing them to win something

They wanted to erase the memory of them existing

But the idea the soul doesn't fades away that easily

There's always the ideal, family and friends that will carry the spirit

Therefore, it never dies

So, spare the kill

Zyber was the next best thing.

You made them work, think, exist for you.

Sol 2999

Es un domingo

Es como si mañana el futuro comenzara

Mañana será una mejor vida

¿Porque esperamos cosas mejores?

¿Porque esperamos que todo cambie?

¿Porque nada pasa aun así?

Solo cambian los números

¡Mañana atacaremos!

Ese día fue una pintura detallada para ser guardada como el último día.

La última cena

Si mañana morimos estaba bien

No le pedía más al ahora

Ese día la vi

En una reunión del trabajo

Woow

Odiaba pensar en ella quería estar enojado para poder concentrarme en mi trabajo

SOL 3500

Todo había funcionado

Zyber se había implantado con éxito

Habíamos cambiado el mundo

La experiencia humana.

Cada 30 soles viajaba de la tierra al asteroide vacacional 1 dado que había comprado acciones iniciales a uno de mis estudiantes.

Me impresiona que llegara tan lejos

Era muy chido pero muy pendejo, aunque si tenía destellos de inteligencia pura.

Cuando observabas la tierra por la ventana podías ver el mundo moverse con una sincronía que parecía una esfera rubic perfecta apunto de resolverse, todo era superación y esfuerzo, entre más enfocaba la vista en algo se veía un sub contexto profundo y detallado.

Ya no era tierra era un producto altamente ergonomizado para matar sin crear consciencia ni remordimiento

Un sentimiento agradable y de realización empaquetado y acompañado de bots asistentes por doquier.

Las ciudades eran como un zoológico /parque de diversiones, se sentía que podías controlar la tecnología como si fuera un sexto sentido, era hermoso.

Cómo ingeniero mi sistema era seguir desarrollando sistemas

para que el sistema ponga nuevos sistemas a los sistemas de las personas.

(smokes blunt)

Elegí tener un rancho.

Mi esposa cree que solo fue para poder cultivar hierba sin la hipocresía de tener elecciones religiosas y que el sistema no me visitará a la puerta de mi casa. 1.

Mis papás piensan que mis experimentaciones nunca llegarían a nada y que me di cuenta de lo lejos que estaba de la realidad. 1.

Mis hermanos solo se guiaban por los rumores de revistas en los que a clamaban que yo robaba y que no mostraba todos mis descubrimientos y los guardaba en algún lugar del rancho. 1.

Jajajajajajaj

No todo tiene un significado más profundo un gran porqué más que el movimiento de la energía misma

Un hombre despertó y fue a ver a otro hombre para venderle un terreno, dicho hombre acepta y compra el terreno.

Ambos cruzaron su camino en la realidad para darle el flujo a la historia como ellos querían y de la forma más posible.

Es por eso que yo le di el dinero a ese estudiante que apestaba a hierba para construir algo que parecía demasiado estúpido para funcionar.

Porque no encontraba una razón para si hacerlo

Sonaba estúpido e imposible

Pero una vez que vi sus planos y escuché su idea.

Estuvo en mi mente como un pedazo de chiste que lo mascas para darte alegría con lo ridículo que es y entre más lo piensas ya no es un chiste

Es una idea con bases tan sólidas que alegra al mundo cuando se piensa en las posibilidades.

En ese momento se convirtió en la mejor idea.

La última vez que fui al asteroide vacíonal 1

Él estaba ahí ya más grande como un adulto

Parecía un dios joven en profesión.

Creo que fue la última persona que vi antes de encontrar la puerta
trasera del universo.

Mors Certa Hora Incerta

No deseo detallar más los procesos y tecnologías implementadas

Lo que imagines agrégale 1000 cosas mas

Eran Ciudades sobre ciudades

Lujo, innovación, diseño todo lo que se imparte en una Universidad por capricho humano estar ahí era hermoso, talvez por eso se me subió a la cabeza ser el que lo creo.

Robots drones como lo estés imaginando a tu alrededor es real y más.

Era el futuro

Construimos el puente y lo cruzamos

Cuando eres parte de algo

Cuesta mucho trabajo ver sus defectos

Mas si te hace feliz

SOL 4200

Mirando atrás

Ha sido una total masacre

Al inicio parecía un nuevo mundo

Ahora parece estar en sus últimos días

Jajajajajajaj

Vamos a sacarles los últimos

Shouts to the crowd

No man stands alone!!!!!!!

Kill them all!!!!!!

Then return!!!!!!!!

Today we don't die my brothers!!!!!!!!

Diario

MCXD sol 3059

"mi hijo denunció red de tráfico de personas y desapareció"

Maldita sea

Uno Intentando llevar más allá a la humanidad

Y estos imbéciles se siguen destazando por cualquier estupidez

No sé si sea correcto

Los humanos están listos para leyes aplicadas al 100%

Igualdad como nunca antes se ha visto

Socialismo como nunca antes se habia intentado

Nadie puede negar, que

El verdadero comunismo nunca se ha intentado en su perfección.

Pará el Sol 5000

Solo hombres puros caminarán sobre esta tierra

Espero y Dios me dé poder

Pero no instituciones o dinero

Verdadero poder

De cambiar el pensar de los humanos

De poder llevarlos a un mundo mejor

De poderles ayudar a buscar felicidad

Sol 3820

Tal vez sea solo un general

Talvez sea solo un producto de la educación pública

Talvez el regalo más grande que le dé a mi esposa sean hijos y problemas

Pero ese ingeniero

No importa quien mierda crees que seas

Nos condenaste a todos hijo de perra

Con tus talvez/con teorías de un mundo

Hasta yo sé qué haces pruebas antes de tomar decisiones con re- percusiones así

Maldito hijo de perra

No me interesa la perfección con que funcionará bastaba para mi

Pinché bato meco

Maldita sea y él fue el que me quito a mi mejor general.

Uno no puede estar tan emputado de la vida.

Si tan solo ves las palabras de arriba me gustaría cambiarlas

Pero así no funciona el mundo

Así fue como se escribió.

No importa el como si en la realidad está escrito así paso

¿Qué estás haciendo en este preciso momento?

Estoy en el metro yendo a casa

¿Que puedes cambiar de eso?

La respuesta a esto te define como persona

Hasta qué extremo lo cambiaste en tu mente

That's the only true power we are given to this world

How much you can change something with the power of your brain

God Mode

   (Cheat Code)

     End life

     Apocalypses 1

     Apocalypses. 2000

   (it's hard to create this code once you see how beautiful life is

, whoever you are don't kill them don't make any more damage you are not entirely made for that, please)

Code

End life no survivors

Choose random ending

Save Template of life (Process Automatically)

Send to analyze

Next Big bang

NEW

Continuar sobre expansión progresiva de Pi para desarrollo estable de Bigbang

Como una marea de universo para que se esparza bien en este sartén para pizza tridimensional llamado Universo

Password: Mors Certa Hora Incerta.

¿Me debería comprar una moto?

No mames no

Que emoción

Me podría matar

Me mamaria tener una moto.

Aunque definitivamente moriría :)

Don't you hate the rich?

Ay wey no mames ni empieces

Talvez no eres rico, pero hijo de perra has desperdiciado más recursos de los que muchos han imaginado, o serán capaces de rastrear.

Y ya estabas en paz con esto habíamos aceptado que todo humano es rico por naturaleza en el mar de las oportunidades y espíritu de lucha

¡Así que quieres pendejo!

De qué te vas a quejar

De qué no haces cerdas cantidades de dinero a una velocidad descomunal

O vas a justificarte diciendo la liga de basquetbol mexicano apenas iba empezando en tus mejores años y que técnicamente eres mejor que

Lebrón James

oh no!!!

perdón tu si sabias como bloquearlo

No mames

Cuídala imbécil o se irá y si se va entonces serás realmente pobre ya que no tendrás con quien sentirte bien y el dinero no compra a una mujer como ella.

You loved her

Mi corazón y espada siempre por mi Reina.

"Sabe centros mclane ahora tendremos Dios mío es dichos 4000 de ellos van a serias tierras de un anuncio se le"

Estos fueron las últimas palabras de un hombre que fueron erróneamente transcribidas por un Bot enfermero cuyo micrófono estaba levemente dañado y no capto la información, la maldita familia la cual solo estaba en la sala de espera demando a la compañía que hacen los robots. Este es un buen ejemplo de cómo era la gente solo eran perros carroñeros en un mundo desierto eso si era mucho más feos

Puta gente estaba bien fea.

Estaba en un lugar de carnitas

Esperando mis tacos

Player 1

El reino es tuyo

Prince 1- a mí no me importan las riquezas

---Déjame guiarlos bien

Prince 2   -aun así, morirán

Prince 2   entonces para que quieres hacerlo bien porque esforzarse en otros

Prince 1 porque yo lo elijo

PLANETA "INCERTA"

Nos atacan

   ¿¿¿¿Dime si somos la carnada????

   ¿Por eso me diste tantos negros?

   ¿Dónde está el apoyo aéreo?

   ¿Dónde mierda estas Dios?

Peleen Hijos de Perra

No hay mañana.

Si su ser quiere un mañana ve y pelea por ello.

(prostitute)

Cash out biatchhhh!!!!!!!

Or It would be for nothing

(Engineer)

Looking back my biggest failure was as an engineer

I couldn't rise UP to what I were.

I was to experimental to be trusted

I was too ambitious to funded

I was too smart to control

Todo envuelto en un wey muy webon

A mí no me estés chingando pendejete
¡¡¡¡¡¡Estoy en mi carril culero!!!!!!

Camaradas
¿Que los hace seguir?
¿Porque pelean a mi lado?
¿En su mente solo siguen órdenes?
¿En su Mente están completamente de acuerdo con los estatutos de la vida y luchar alado mío es la acción afirmativa?
Hijos del sistema
Mis niños del sistema

Fight My War!!!!!

Que le da valor
Hijo de su puta madre

Thank you If you have reached this far
I'm just a war monkey
Telling you all kind of stories
Wait! no stop reading I'm a bad example
We are just pirates

We totally just robbed those people.

Al menos les dejamos mota

Kids

Ellos son los que vivirán "Mors"

Ellos seguirán la guerra

Ellos podrían ganar su guerra

Me dieron

Ahh Maldita sea estoy herido

Puedo arrastrarme hasta un pasado seguro eh inmóvil

Déjenme aquí en esta zona de confort con Wifi

En este limbo al cual todos podemos caer llamado vicio que nubla el pasaje del tiempo en cuanto al ser y no lo deja ser.

Si aquí estaré bien

MUERTE DEL GENERAL.

Sol 4350

Tuve un sueño

soñé que me disparaban 5 veces en la espalda

y no moría

en otra escena solo pensaba como las balas estaban dentro de

pero seguía hablando con una persona

hasta que me desplome

en la siguiente escena entiendo que me han quitado todo y en cuanto el doctor me da la receta, despierto.

estaba durmiendo boca arriba

creo

y creo q a eso le llaman que se te suba el muerto

Nací el martes a las 3:00 am.

I sometimes thing if they spread the virus just to save them or save us.

That was one of mi indicators, when the system has the doomsday on the agenda and doesn't even come naturally, well you know the rest David shit to David.

Button Action

W Move Forward

A Move Left

S Move Backwards

D Move Right

Space Bar Jump

Left Shift Sprint

Equal Sign Auto Run

Left Ctrl Crouch

Left Mouse Button Fire/Use Item/Place Structure/Select Edits

Right Mouse Button Aim Down Scope/Change Building Material/
Reset Edit

Mouse Wheel Up Previous Slot

Mouse Wheel Down Next Slot

1~5 Weapon Slot 1~5

R Reload

E Interact

F Pay Respect

Left Ctrl Crouch

M Map

T Talk

Tab Open Inventory

That was the settings options for humans

I wish I could see you the psychologic settings

The system is fucked

Mors

Cuenta regresiva para detonación de Bigbang efecto FIN

Fx

Eliminar Raza Humana Por causa = x

(crear universo paraíso en

Autoguardado infinito)

Revivir a todos.

Ciclo perfecto de vida

Mors Certa Hora Incerta

Ing

I found the back door of the universe

Nooo Shieeettt!!

I'm gonna buy a lot of food fool, tools And I'm gonna start my investigation there, shiet cuh is gonna be fun cuh, And chill, some Tortillas, some barbacoa, amonos riendo.

Se cierra la puerta a mi espalda

No hay manojo

Se convierte en un cuarto infinito

Una cama

Un escritorio

Una Computadora

System: God Mode.

Shiet Cuh!

Hora Incerta

My head feels like a thousand sunshine's

There are few variables in these worlds that can explain how the fuck? why in the hell? Who was the cunt? And where can I find him?

I didn't create the world and I am not who too explain it, there are a few rules in the world physics, math's, time and space, but we will focus in one the general rule no matter who you were, you are going to die.

ONE DAY we will be all gone

That is the end of the book, but what is the story?

Who the fuck am I to talk about dead, I am no one, a measly human being trying to make sense out of something, I don't bring a nationality, concept, stigma out of it anything just the caring soul of my body, trust me, the dissipated soul is the one calling.

I won't die in here.

MORS CERTA
HORA INCERTA

Así se escribe ahora la historia un mundo lleno de estadísticas y regulaciones para que el hombre se sienta ergonómicamente cómodo, hemos olvidado que es ser libre, porque creen que el que es libre no logra existir dentro de las alineaciones que te harán vivir bien pero olvidan que el ejercicio para llegar a vivir bien es ver que te hace bien y solo la búsqueda de felicidad y libertad te dará esas respuestas (declare mi descontento por la teoría hippie y acepto la Normativa de algoritmo de ejecución por funcionalidad humana)

Es así como está diseñado el universo es un caos en perfecta sincronía un caos que se mete debajo de la piel del más ordenado y una sincronía que nos hace avanzar aun estando totalmente quietos.

Ya no somos una raza joven que excusa sus errores con patéticos y simples lamentos de una generación inexperta este es el Sol 5000 y esta es su historia.

Escena 1

Soldier:

soldado: - Ayúdeme por favor.

guy: A regañadientes lo ayuda.

guy: - Que te paso?

Soldier

-Yo como todos pensaba que era único, que todas mis exigencias sueños y deseos se realizarían con mi propio sudor trabajo y esfuerzo y así fue, pero todo conlleva a un precio y estaba dispuesto a pagarlo, pero después de saldar todas tus deudas es ahí en donde puedes verte en el espejo y te das cuanta quién eres a quien tienes y todo lo que sacrificaste por el deseo de ser inmortal a los ojos de los hombres.

Guy: Cuanto recorriste para llegar aquí la guerra es muy lejos

You pussy.

Soldier- El escuadrón que me secuestro me puso en una bolsa de cadáveres y al recobrar conciencia logre escaparme, supongo que desechan los cuerpos por aquí cerca

Guy-

Aquí hay puros Tacos carnal

Despertaba temprano para ver a las personas entrar a la súper vía porque por un momento en el día existían las personas tal y como eran sin expresiones de desprecio y ambición hacia la vida.

Después de unos días empecé a ser amigos de los vagabundos, prostitutas y otros niños sin hogar.   Nos hacíamos llamar los guardianes de la mortalidad y esperanza.

¿Porque nos llamábamos así?

Porque dentro de la ciudad había tanto movimiento en la súper vía la bolsa caía y subía 50 puntos diarios , el deseo se había convertido en el ruido de la ciudad era como una canción de marcha hacia tu funeral y parecía que una guerra estallaba aleatoriamente cada minuto así que la gente se perdía en esta gran inmensidad que sus cuerpos abatidos solo quedaban sentados del lado de la acera con ninguna expresión en su cara como si su alma se hubiera ido y olvidara matar al cuerpo que la habitaba.

Teníamos un ritual para estas personas las llevábamos a un lugar construido por nosotros a las afueras de la ciudad y dejábamos que se perdieran en el bosque para que puedan volver a encontrar su alma a estos los llamábamos los mineros de luz.

El bosque lo llamábamos la novena vida ya que estaba llena de gatos y estos parecían guiar a las personas que llevábamos ahí.

En la entrada del bosque había una vieja pared la cual decía "Mors Certa Hora Incerta" y siempre que nos disponíamos a dejar a un nuevo humano en las puertas de este nos recibía un nuevo gatito que se ponía a la altura de sus ojos y llenaba con su profundidad los ojos vacíos de la persona que entraban para guiarlos a las profundidades del bosque.

Abandone la ciudad y a todos mis amigos.

Decidí que el dinero no iba a definirme como persona ya que una prostituta que nos visitaba para fumar weed ella siempre decía:

"Yo una vez ame a un hombre que su meta en la vida era única y solamente el dinero tener el dinero para no hacer nada él decía con ambición y lo consiguió después de años de trabajo"

Nunca calculo que el costo eran los años que nunca vuelven, pero todo esto tuvo un precio desprecio el cariño de todo ser viviente y después de unos años se convirtió en un cuervo que miraba desde lo alto de un edifico con una mirada que grita dos cosas 'ayúdenme, pero por favor no se acerquen"

¡Así que iba a convertirme en explorador mi vida ya no sería un drama sería una saga épica!

ESCENA 2

Student-Como ya tenía 15 años ahora era un adulto responsable y consiente de mis acciones según la nueva ley mundial.

Escuche que un amigo mío carterista y contrabandista había entrado al concepto nuevo de ciudad que se supone partirá en una expedición en busca de desarrollo y nuevas formas de vida y evolución

Esto a que se refiere le pregunte significa que vas anestesiado durante cinco años en una nave espacial mientras te llenan de químicos y hacen experimentos con tus retinas para ver qué pasa

Other even dumber student- Woow y cuánto pagan?

El vato -Si sobrevives te dejan elegir entre el dinero equivalente a una vida de lujos o quedarte conectado a una de las maquinas que estimulan el placer en todo sentido posible durante los años de vida.

Student

- Ósea o dinero o droga

The other dumber student-Exactamente

Student-Y tu cual elegiste?

I Don't even remember wich one is the dumbest-Ya me conoces hago cualquier cosa por una nueva experiencia de vida

Student- Esa fue la última vez que lo vi.

Student- Existen tantas cosas ideas y conceptos que el mundo cambia cada instante así que mi pregunta era como aprovechar todo, como saber qué camino tomar para así tomar todos los caminos, como probar de todo sin empalagar el alma y sin matar corazón.

Entonces mientras salía de la ciudad un grupo de personas que bajaban de un autobús a las afueras de un cubo de enlaces (concepto de lugar de trabajo) que se auto dominaban "Los embajadores de paz y magia" (hippies) Me dieron una calcomanía(lsd) la cual honestamente me arrepiento de lamerla y ponérmela en el frente justo cuando me la dieron.

Ya que las siguientes 24 horas los seguí como zombi que sigue colores mágicos y una melodía que sonaba las dulces voces de las bailarinas, de mi alma en un festejo que nunca podré olvidar más sin embargo es muy ambiguo el recuerdo.

Cuando baje de la nube estaba en alguna parte del desierto junto con más de 100 mil personas que también se encontraban en una hermosa y reconfortante cruda.

Pero mi misión seguía ya había aprendido cuales eran los placeres de la vida y sus desgracias ahora quiero saber sus secretos que hace que y por qué.

Le comente mis inquietudes a mi novia que se unió a la turba poco tiempo después que yo, caminamos por el pueblo más cercano y con los ojos sobrios pudimos darnos cuanta en donde estábamos, nos encontrábamos en un pueblo que había sido tomado por rebeldes llamados los hijos del 2000 ellos creían que el humano nació completo y libre de inquietudes pero el sistema actual está creando una enfermedad psicológica con cada comercial que se realiza, Les preguntamos qué harían para cambiar esto como derrocar al gobierno o hacer comunas hippies, a lo cual solo respondieron con un ambiguo : -Si todo eso y procedimos a embriagarnos con ellos los siguientes días.

Best days ever!

Mors Certa Hora Incerta

What do humans produce?

Other Humans

Money

Live?

Why do you drive your kids every day?

Because they could have a bright future!

You are just a mortal to judge what could be carved into perfection.

And when I mean perfection, I mean

We were printing Gods.

No hay reglas en el universo, durante la existencia de la humanidad hemos querido preservar lo más amado para nosotros.

Los padres son un mercado que

Si tu solución es que les dará una ventaja a sus infantes

Ellos tienen la obligación de decir que sí.

Qué pasaría si les vendes que puedes convertir a su pequeña cría, que pueden ser más que humanos, algo que se preservara por generaciones, un Dios.

Sin poderes en específico pero un Dios Maldita sea.

En los inicios de los tiempos ya habían creado un sistema poco ortodoxo pero eficaz en donde al terminar 5 años de entrenamiento y estudio ya varios desafíos bla bla bla el punto es que te entrenaban y estudiabas carbón y luego.

Te mataban y si resucitabas eras un Dios

Esto no ocurrió en mi época

Esto lo vi mientras estaba en la puerta trasera del universo.

Fue muy interesante ver como imprimirán dioses.

Talvez ver que llegábamos a más me convenció de que podíamos vencer a Dios y al diablo y ser dueños de todo.

Talvez yo pude ser un Dios

Talvez no debí estar ebrio todos estos años

Talvez no debí entrar a este cuarto

Talvez no debí hacer muchas cosas

Primero naces creces te desarrollas y después mueres y en tu funeral presentan una serie de datos y estadísticas sobre quién eres a quien te tiraste cuanto fue tu máximo ingreso tu peor momento tus memorias extraídas por un invasivo proceso de lobotomía para que a los que decidieron abrir la transmisión en vivo de tu funeral puedan sentirse con sinceras ganas de llorar por ti y para los que realmente te conocieron tengan algo que hacer al recordarte al buscar la invasiva verdad de las acciones de tu vida y ellos poder legalmente completar el ciclo de despedida.

Bullshit if you ask me.

Kid

There are no safe neighborhoods on earth.

Please take care.

It was designed pretty vintage and classic

It would be an honor to see your evolution.

¿Qué quieres?

Las opciones son infinitas los 365 días.

¿Tú qué quieres?

¿Qué te hizo pensar que debes adquirir esa mierda?

Si lo viste en un comercial, pues sólo eres un pendejo.

Si lo viste porque el algoritmo te lo sugiere por tus estadísticas, eres un pendejo que necesita ayuda.

Si lo buscaste porque estás consiente que ese es el siguiente paso que te ayudará: eres un pendejo planificador.

¿Quién derrotó al sistema?

¿Quién no obtuvo lo que su vida le puso enfrente?

¿Qué le da valor hdsptm?

Estas sentado resolviendo un problema del examen que está definiendo tu futuro en cuestión, el estrés del sistema te agobia, y tu mente piensa en tu perrito por un segundo, en ese segundo solo quieres dar tu mejor esfuerzo que todo acabe y regresar sin preocupaciones a poder ser un jugador más con tu perrito.

Tal vez pudo ser un libro más sangriento

La guerra lo fue, un mar de cuerpos

Muchos decían que era el Armagedón mismo

El fin de los tiempos es hoy, "lleve sus tacos"

-Jajajajajajaj ese wey.

Ya había demasiada violencia en la televisión pública como para traumatizar a más generaciones

algo que nunca se me borrará es el sentir del cuerpo

Mi cuerpo estaba enojado

No sabía si de cansancio

No sabía si quería pelear más

No sabía si iba a aguantar otro día más

Customer: ¡Dame una orden campechana con todo, salsa verde!

Gallo!

I was once in a rich guy dream where we were trying to insert him an idea.

It was a very long time ago.

Se sentía como la batalla final

Uno de mis pequeños errores como general fue estar drogado la mayor parte del tiempo.

Las batallas eran épicas y se sentía como si estuvieras en un concierto de electro metal japonés y te la estuvieran chupando en ese momento.

Pero si un chingo se murieron ptm

Me pregunto qué pieza de arte

Me hará entender que todo está bien

Cuál será la obra que me pondrá manos a la obra.

(En capturar el cinismo por el trauma de un general viejo y muerto por dentro en las batallas)

ENGINEER

I am not sorry for anything

You wanted to see How much we could do with in this world

and we searched it

we tried

The battle of live Will go on throughout generations.

I was 21 years old

I designed the best Corporation you could ever see

A big flying dragon

It was not for defeating "Mors"

It was for my own skin I was the guy with the dragon

"Certa"

Cuando finalice ese diseño el pensamiento de hundir mi carrera en la guerra para sacar dinero y poder me aborrecieron (Tomando en cuenta que aún era un morro meco con moral)

Y habia un asteroide que estaba pasando alrededor de la tierra

Mis cálculos estaban potencializados con la magia del cine.

Pero en la casa de Tenancingo cabía un cohete lo suficiente para llegar al asteroide perforarlo y desplegar un cinturón alrededor para hacerlo regresar aquí

Rex

¿Tuvo un buen día amo?

Yo:

Claro que no

¿Soy un maldito científico loco, debo tener un buen día?

Rex-Pará qué lo hace?

Jajajajajaj

¿Yo-Porque no?

Es aburrido existir

Los excesos son lo más cercano a estar entretenido.

Un niño se aproximó al taller y preguntó

¿Qué haces?

Un cohete le dije

¿Pará qué?

Pará Capturar algo

¿Por qué?

Porque me ayudaría en mi vida

¿Cómo?

Le enseñe mis planos y el cohete y no entendió

Había un globo terráqueo

Agarre un cohete a escala y una pelota

Estamos aquí le dije

Apuntando al a tierra

El cohete pasara así

Oushcuhshaaa (Ruidos de cohete)

El cohete llega

Lo atrapa y le pone un cinturón que lo dirigirá.

Y lo acercaremos a la tierra lo más posible o lo hacemos explotar por no obedecer nuestras órdenes

Me enseñó el pulgar arriba y siguió su camino.

The enemy!

Amadores del dinero

Fanfarrón es

Feroces

¡Las profecías por fin se estaban cumpliendo gente digna de pelear lobos con solo ganas de matar por matar!

¡Sentías que esto es lo que estabas esperando para poder ser tú!

Pedias oler la sangre de los más débiles en el suelo, aunque aún corrieran por sus venas

FUCKING BITCH.

A useless person no matter

How much you like them

They will always be annoying

Play with your league

With your level at least on the war

After you can fuck whoever you want

-Enemy Soldier-

Wake up kill

No parecía que acabaría esta es nuestra vida máquinas de guerra sin sentido y sin rumbo

Hace unos días revise las estadísticas.

Mientras hacía el super

Después de llegar a mi auto y poner las bolsas entendí porque esa mujer me veía con esos ojos

Al principio pensé que le gusté y me estaba siguiendo

Después pensé que era una amiga de mi hermana y me enfrasqué en la idea de amor hasta llegar a la verdad

Ella era la esposa del chavo que me acompañó a realizar los reportes.

Maldita sea ese chico murió ese mañana según la estadística

Me preguntó si tenía algo q decirme o solo la rabia de una guerra sin sentido.

 I'll still hit that.

Shieeettt.

God what a horrible World

Why is it so exciting to be alive?

Estoy vivo

Hijo de perra me aventó una Granada y yo así no ni madres y le pegue y mató a esos weyes de allá, pero son enemigos así que no hay problema.

¡Luego regreso Louie con más balas y fooom! acabamos con los que se estaban acercando y creo mataron a varios de las trincheras porque me grito el güero y me dijo que me subiera a la torreta para snipear a los hijos de perra.

Y fooom creo q ellos o nosotros, no se quien prendió una caja de granadas o algo así, pero fue como si explotara todo el mapa.

Si nada más vas a estar en tu celular no te voy a seguir contando mi historia

Hijos de perra.

Evil Student

El mundo parecía que lo correteaba la idea de ser el mejor el más exitoso

Con la falsa esperanza que así serias amado

Talento y Fe eso es lo que hace falta

¿Qué prefieres estar en la cima o disfrutar la cima?

Aprende algo dinero.

Sol 5120

Ya no era el soldado

El general

El Ingeniero

Ya no era nada

Era lo que una vez siempre temí

Solo un usuario

Un ser haciendo cosas en el medio ambiente que le tocó habitar y a resultado de eso el ser vivió.

Solo que en mi caso el ser excedía las capacidades del ser y lo aumento con deseo y ambición y proactividad y proteína y mierda

Y ahora ya no hay nada

¿Cómo único usuario me preguntó si existe el modo de crear vida de nada?

No creo que sea lo mismo, pero veamos que se puede hacer

Talvez los dioses se crean

Jugando a ser dios

Ve a tu mente y llénala de imágenes de lugares saturados de gente, actividades y opciones la vida está pasando en ese momento y en ese lugar.

Ahora ve a un desierto, sin nada a la vista donde la nada es el nombre del panorama.

La primera escena pasará pronto dado que la vida avanza.

Yo no sabía qué hacer con la segunda.

No me sentía un artista tan capaz como para crear vida.

"no volveremos a la normalidad

Porque la normalidad era el problema"

Era lo que los hippies cantaban

No me molestaba un hombre de paz enserio lo admiraba mi padre era un ser muy pacifico

Pero me molestaba que tenían el peligro enfrente

Y miedo dentro

Y aun así elegían morir a manos de una máquina sin corazón

¡¡Pelea!!

Hippie depresivo de mierda

Dicho eso se implantó toda su ideología una vez en un Bigbang perfecto

A veces visitó ese Multiverso

No se rindan hermanos y hermanas.

Siempre me callo bien el numero 5

Yo tengo 5 dedos en cada mano

Me hubiera gustado que se casase con la teoría de los números enteros terminación cero

Pero el 6 se robó su corazón.

No hubo una última batalla final

No hubo un premio para el ganador

No hubo nada más que sangre y humo en todo rincón del mundo

No hubo ganador

No hubo diplomas de guerra

No hubo honor

No hubo manera en que alguien se salvará.

What If I don't Make It?

Honey don't be like that you are beautiful and kind to others

I don't care you idiot

That doesn't pay the rent, or gives me a career

That means nothing in reality.

It is not fair that arbitrary numbers can control so much of your life

Stupid statistics says here that

That I aint shiet

Even for those who are shiet to me

(daughter of ing)

Bro by the way you writing It doesn't feel that you won the war

How many of your comrades have died?

How much have you sacrifice?

I need an epic battle all the technology against the user

A fucking massacre

That's what she said

FIBER WARS

Estaba en un Gym

Y un pendejo me empieza a mamar de no sé cómo tu eres general si perdiste tantas personas en el día 3495

Le dije no solo eso hice 2 millones por cada soldado tirado en eso sentí como

Ya no estaba peleando con ese wey sino con todo el lugar

And there's where the shootout starts

Es probable que la gente sea receptora de eventos del pasado ya que la energía está en un constante flujo

Simple life that's my motto I wake up every day feeling less in the search of completing the rest

AND MAYBE THEY JUST FORGOTT THE ENDING STORY FOR ALL OF US

ONE DAY WE WILL BE LONG GONE

¿Hoy viste el cielo?

¿Como se sentía?

U hoy solo era el techo dentro de tu teoría

One day I looked up

And that day the Universe was over for me

I knew who I was

And loved every moment.

Sorry for the mess we leave to the younger generation,

But I'm sorry

What man could be transformed to:

Animal

Machine

Beast

Man

Woman

Nothing of the sort

Héroe

God

"Certa"

La aburrida aventura de un amante

Una vez conocí a esta chava
Estaba en la cafetería a 3 cuadras de mi trabajo
Como practicante

Fuck ing the shiet out of her was the most exciting part off her.

(a veces me molesta que se precisamente que debo hacer o que
está pasando y no digo nada, me excuso con la idea de que debo
dejar la historia desarrollarse, (pero sin personajes que entren en
acción, como se desarrollará la historia))

Nos atacan

Por el lado izquierdo hay dos personas

¡¡¡Mata las!!!

Nada más cierran la puerta y ya sienten que están en su casa.

El alumno fue el único que si quiera razonar el hecho

Destruiría el mundo

¿Me preguntó porque no me detuvo?

Él era un humano

Porque no peleó por su vida

Era su inexperiencia

¿Ya no era la promesa de vida que un día fue?

¡A veces el maestro si desea ver a sus alumnos levantarse y decir ese no es el camino, hijo de perra!

Pero se les moldea en ser cobardes y solo se les estalla para ver si pueden ser dioses, (¿si no para qué? Molestarse).

Ing

As soon as the mind touches an idea a concept that It Fuck ing likes the mind plays with It however It pleases

El pueblo hiper bueno

¿Qué pasa con la gente que no logro ser dios?

(Dios aquí implica que)

Teoría de la economía se reduce a decimales y como lentamente se reducen a hombres

(FIGHT SCENE)

1-You fight like If you had something to lose

2-you fight like you have already won everything

(they both die from a miss loose grenade)

(respawn again and shot of the student in the early years playing a video game)

You could say that countries got so bored that the arms race was everything they could Develop more

Of course, they could try doing the effort with Other things like

Educating the dumb

Reviving the idiots who were wounded or ill

But that isn't Gucci son.

In the Multiverse where I am god

I died in my penthouse

Ill paint the picture:

It's not that Because there were gods, they didn't die

Boy I Tell you and cannot stress this enough

People die

All the physics rules applied to them
It was more a profession a career
Tenías que tener el pedigree
Jajajajajajaj

Imagínate si tu título dice "God"
Si un pinche licenciado es mamon ahora imagínate un Dios
No mames
Échale ganas príncipe

THE BLACK GENERAL.

Thankyou Thank you everyone is an honor

I could have not done It without

Everyone that was there

Please check (coordinates)

And check If I kill those people

La ciudad "Hora" se sentía como un Resort muy bonito todo

Pudiste haber matado a 900 personas ese día, pero una piña col-
ada y se te reiniciaba la vida

¿Saben cómo supe que el sistema nunca me alcanzaría?

Solía trabajar como programador cerca del palacio nacional

Hay una calle llena de bares

Donde puedes ir en busca de fiesta y diversión

Y siempre encontraba, la asistente de algún funcionario o emp-
resario de algún importante puesto

Normalmente era porque la mayoría tenía amoríos con los fun-
cionarios y las noches que estaban con sus esposas ellas se venían
a embriaga aquí.

En el año 3000 comenzó la guerra

Después de un milenio de agonía

Lujuria y sufrimiento

Decidimos que era suficiente

Y nos mataríamos el uno al otro hasta el final

Are you Fucking Hi?

No

Do you have some?

Any machine can be a smoke machine If you use It wrong enough

I could die happy tomorrow

But not today

Today we fight!!!

You are not here to change the system

But to change the theory.

The burocracy for giving me a remote control is Fuck ing stupid
you hr. piece of shiet

People are dying and you care about this

Shoots her

This chair Fuck ing burns

The Fuck ing stats

All I Did there was read the stats of the winners

I stayed in that room for about 25 years

It was so good information

Finally, something good on TV

My mind had only one thought

I can die here

Maybe is just how I fall into limbo

And there was no reset chamber

No Big bang maker

No secret code for the end of the World

25 years until I decided to blew up everything and see it for my-self.

There were no days in the chamber

I really thought that with all the knowledge of the World in my head I could get to level god just by knowing

(nerd technicality: level up to god reaching the chamber, but trapped in the back door of the universe, department so no matter what you tried finishing this World was the only way out)

Yes

But you are the guy she is destined to meet and to spend the rest of her life with

Because the universe will Fuck ing Tell her

And will Make her life the great Disney adventure she has always fell the princess of

So

Make it come true

GOD MODE

Maybe I am not the only one

Maybe I exist

Maybe you are real one

I love you

Take care

It doesn't matter the universe, the reality

The time or the moment

I love you

I wish I could break rules and be there for you

But I love you

Ya me voy a dormir

Maybe I'll die

Maybe I'm not even level god yet.

Aún recuerdo el tiempo de los primeros titanes

Fue asombroso verlos intentar luchar contra pequeñas sombras de mi poder

Fue hermoso pensar que por un momento podrían llegar hasta aquí bajo sus propios méritos.

Nos iremos como caballeros señores

Después de mi temprano retiro

Dentro de mí todavía tenía los números de la guerra en mi cabeza

No viví el temblor del sol 3217 por casualidad

Decidí retirarme a mi casa en Tenancingo ()

Sabía que venía

Cómo una ola enorme

Que sabía que llegaría

Faltaban 100 soles según los cálculos en mi cabeza fusionados con mi instinto.

Así es como un verdadero general se retira de la guerra,

Regresa a su pueblo natal

Sin pena ni gloria

Aceptando que su batalla fue un mero trámite una simple experiencia para rellenar la aventura llamada vida.

Ahora se sienta bebe cerveza y una vez que han entrado "sustancias prohibidas y eneherbantes", el cerebro empieza a girar y la reflexión empieza a aparecer y entiende que el personaje que hi, o que su cerebro se rindiera fue el ingeniero y que un día todos morirán, no por destino, ni por ganar

Algo que tal vez podría pintar la escena de lo que era la guerra en la Ciudad "Incerta "es que tenían balas biodegradables las cuales los casquillos al caer al suelo plantaban un árbol o una puta planta que se yo.

Ya nada tenía propósito verdadero más que rellenar la vida

Si mueres haces más favor porque le das paso a la naturaleza, era cinismo blanco envuelto en capitalismo para masas que sólo empatizaban con sarcasmo.

Today is the last Day

No más sol el sol se apagó en el sol___

Entraremos al abismo

Era curioso como todas las versiones anteriores de los Multiversos y planetas pasados, dado que lograban cosas extraordinarias, dioses orgánicos y hasta titanes dignos de poder natural, se les analizaba tan profundamente y se les clasificaba y se intentaba entender su cultura sin importar los principios o regulaciones que manejarán.

Mientras que un Multiverso tranquilo y regulado que llegó al final de la estadística alargó el número pi hasta su infinito para poder escribir de ello

Muestren me que hay al final del arcoiris.

Nada espectacular

Solo el final de un arcoiris

El sol se apagará el día especificado

El día será de noche según la estadística especificada

Moriremos en cuestión de cierto especificado tiempo según la específica ciencia

Maldito universo aburrido

¿Me pregunto si pudiera cambiar este destino?

¿Por qué?

En mi mente pienso que cuando escribo guerra

Estoy usando todos los adjetivos que la describen.

Que ustedes ya están ahí

Estamos en la base recibiendo las instrucciones algunas muy atentos, otros temerosos de sus propias habilidades y algunos en otro mundo sin ninguna atadura.

Siento q ya por fin llegaron al campo de batalla.

No, no

Nos están apaleando

Retirada hijos de perra

Tu agarra ese cuerpo y corre

Vámonos

Siento que ya entienden la desesperación de correr por sus vidas que otro monstruo hambriento y rabioso viene por sus vidas.

Tal vez para algunos no es real,

Talvez no están preparados

Talvez no debí traerlos

Traigan una bolsa negra, hay 5 cadáveres más en la colina, sigamos la guerra

In economy

There are "things that you pay for"

But there are these things that have reached level love that you no longer pay for them

You love them you need them is what helps you Make your essence

And the ones that understand this and put the pace and effort into what they do

This Machines could be loved

Nature has always been economy's

Referee

It rains to everyone

Gravity

Yo sé que todos desean ver los estatutos y el recopila miento de la teoría de cómo se convertía un humano a Dios estructurado en un modelo educacional.

Pero verán yo nací justo en el auge de esto

Fight my war!

Fight your own war bitch!

Ing

I Fucking try fixing It all back

I stayed 25 years and counting

Some people are crooked by nature

The slogan was

"do you want a Kid?

Or do you want a god?

¡Tú qué sabes niño estúpido!

Just drug them up and send them to kill and in the process, they
will blame them self's enough

That they will numb themselves to extreme obedience.

The years of inexplicable inexistence just Because....

One Day we will figure It out

How to surpass the years of none existence

Dejaron una chela

Awebo

Black people think that there really is a win –
win for every occasion.

Me gustaría poder vivir en una ciudad cada 3 meses.

¡¿¿Todos los aficionados a este número levantamos las manos??!

Why am I here?

God deamit

Today

Look at me Look into my eyes this is reality.
Today stuff
Are the only things that matter

No puedo salvarlos a todos ni quiero.
It's all about confidence.

Shiet.
Sorry.
I'm all over the place.
Excuse me mam.

¿Qué tan cerca estaba de la perfección?
3.1416
¿Te faltaron?

I am a Bot.
OK cool.

Is that everything.
Stops Crying.
What is everything?
Yes.

UwU.

People will dance on your grave.

Spits into the ground.

It doesn't matter.

People are made to believe they are the main character of their own epic saga.

Bullshit.

Spits on the ground again.

They are misled puppeteers (títeres) in their own pointless drama.

No that is not the point.

Look at me.

Look into somebody's.

Deepest eyeballs.

Can you see It?

If a soul lets you in enough

There It is

Today

This moment.

She has It.

But sometimes she doesn't show It.

But she has It.

The Today I'm living now.

Look at that Brazilian.

Is not that he stops to do the trick with the ball.

Is to put on the record the extra effort he made...

No, you are wrong

It's not even about him.

It's about the guy he is destroying in his way.

In order to win.

Every single touch.

Has to be with the intention to win or to.

Indagate into the universe of what happen If you win.

I wish he was more serious.

What do you mean?

Wasn't this the land of the free.

No.) acid trip

CIUDAD "INCERTA"

What makes you so great?

You see these kids

Already give up as soon as the statistics and numbers start to talk
shiet about them

I don't

As soon as that happen

I go all in with faith in my abilities

And the thirst for kills raise up

(I am just energy; I don't feel like I move my body anymore)

The enemy

Woow I Just wrote "the enemy "

And a year has passed in the back door.

Honestly, I never really thought about them

In a: "kill them before they kill you" situation

You don't think of the enemy

I Just learned so much about their

Culture

I wish I didn't exterminate them all out.

I wish war never existed

They were not that different from me

Remember in brazil all the dead bodies

Once they were born as babies

And you take away their lives

How do you feel about that?

Nothing....

I feel nothing about that

Then why not

I erase this Planet

What makes this reality special?

I wish I had one more Day with her

Love you babe

God, I wish I had a better excuse than

I was just following orders

That's It?

I'll kill myself

And

Let the World live

Without a fool for another Day.

So, that's It?

You get to press the button and you don't even get to be in the credits?

What was the secret of life?

"to be nice"

.1.

Not even I believe that.

Si algún día quieres llegar a ser algo en tu vida

Recuerda

Que eres 1 persona

Eso equivale a un alma

Ahora está alma está en un sistema

Derrota este sistema un día ala vez.

This is the end of the war

Thank you

Thank you everyone

That crossed path with me

We won

We destroy the universe

Man, game is finally over

We are free brothers and sisters

Mors Certa Hora Incerta

CIUDAD "A-HORA"

Which character would you rather play?

Do we even get to choose?

What Did they do wrong?

Are humans entitled to their destine?

Or should you walk proud Because you were borne so actually accomplish something in this Planet

You piece of weird shiet

You are the strongest in some situations

But the weakest in others.

They were printing Gods

Is what

Dads said among each Other at the job

Fearing for the new World leaders

Espero enserio que mi vida algún día tenga sentido Uds. creerán que soy estúpido porque no logro mantenerme sobrio.

Yo me siento estúpido por no encontrar algo que me ate a esta realidad de manera que no sienta que vendí mi alma, si no que mi alma es la pieza que faltaba

Jajajajajajaj

Cómo si esas cosas pasarán.

Fuck that

Fuck them

Fight rageee!

Win this

Not for anyone

For you.

Incerta

Students are only as good as the advertisement they saw to get them to work

Sorry kiddo I only hire dank meme lords

Cómo encontraste la llave para la puerta del control del tiempo

Toda mi investigación se reveló en eso

La loca idea que algo la tenía que abrir

No que abría

Imagina que tienes que abrir la puerta más específica dentro de lo ilimitado

¿Cómo sabes cuál es?

No lo sabes

Solo debes estar seguro de que tienes la llave

Ya la puerta llegará

Esto te hará caminar como un hombre libre

Hasta el día de tu muerte

Así que no te estreses

Cuando mueras pues ya morirás

Some men are better than the system

Bots cannot take them

Their fight is bigger than a simple calculation

Some have hidden destinies.

The problem is that the restart of the system

Was designed in such a heavenly way

That for simple humans it could only be interpreted as wrong

As chaos, fucking pussy, I blame religion but you know that is a loop with no end

At 25 I sold my soul in exchange of me writing the pamphlet for the end of the World

That's why I could not attack on judgement Day my soul doesn't belongs to me so It doesn't kill gods

I need someone

Not holly

But truthful

Not powerful but smart

Someone

If it's you

On judgement Day do not sit tightly

Don't hide

Fight.

With the honest chance of winning against god and the devil

Ill don't see It

It's not that I don't believe in them
It's that I am starting to believe in humans
Hope you Make It

(look at my Fuck ing excuses
What a bitch)

Once a Fucking tech student asked me
Why didn't I Just work in a company and be rich

If something is for free Then you are the product
And time is the fastest, most variable and never stopping currency
Soldier
I was borned in a resistance environment That's why it made more sense to me
That everything was corrupted
The las days of the war nobody told me

Decisions are the hardest part
Who you kill defines you in life?

Engineer and sergeant see each Other
I know what you are up to
How you gonna find me
All criminals leave tracks
I'm not a criminal sir
I'm a pirate

Kind enough to warn you about the end

Why Did you do all of this, did you have a specific reason?
I Did It Because I choose to do It
My life
My elections
My ending

So, Go on erase everything
I am as here, as I am mortal
Make the simulation days faster
And the true days stay forever

Mors Certa Hora Incerta

ABOUT THE AUTHOR

Francisco Emmanuel Diaz Cabrera

Ingenieria Industrial y de Sistemas
Universidad Tecmilenio
Derecho: Unam.